此刻是多麼值得放棄

陳雋弘 著

suncolor 三采文化

觸動推薦

雋弘的詩乍看輕盈，以為是透明或天藍色的質地，細看後察覺，輕盈的文字祕密連結起隱形的縱橫經緯，線索、情境、象徵，組構成一個更大的詮釋。這個詮釋可能通往永恆的青春，可能通往生活的辯證，或者也可能通往對存在、對愛的猶疑和肯認。如果詩是一個王國，城堡、森林、魔毯、權杖、糖果屋、幽靈、愚人、智者……，種種都埋藏了故事的起頭，情境有各種可能，欣喜雋弘又回到了詩的國。——詩人 林婉瑜

讀這些詩時，彷彿進入了永遠二十歲的身體裡，張開天真且憂傷的眼睛——期末考前的深夜操場，暑期營隊後的安靜海堤，與友人並坐，望向遠方，偶然說了一個曾經的情感祕密，或者談論起辨認星座與命運的方法。無法證明任何事，但那一刻讓你覺得非常安慰：在孤獨追求永不可得的幸福途中，原來有人真心了解你。——詩人、作家 林達陽

詩與沉默

陳雋弘

二〇〇四年我出版了第一本詩集《面對》（松濤文社），那時我正在念研究所，在創作上得了一些獎，但對未來感到一片茫然，心理上正經歷著從各方面來說可能都是最狂飆的時期。幸好結識了一些志同道合的夥伴，一起聊天寫詩，有些更成為了生活中親密的朋友，也非常感謝他們，竭盡心力幫我出了第一本詩集。

後來我進入了教職，創作力明顯降低，對一切都感到無話可說。二〇〇八年將一些斷斷續續寫成的作品，以及更早之前的東西，意興闌珊地集結成第二本詩集《等待沒收》（松濤文社），之後就打算停筆了，離開恣意的青春與徒勞的想像，當一個平凡的普通人。

這些年來我讓自己變得透明，不再有人認識，不再有人談論，整個世代已更換過一張又一張模模糊糊的臉、一個又一個閃閃滅滅的名字。山中無曆日，寒盡不知年。只有時間彷彿永遠年經，從不理會這些，它會重新愛上一些人、然後遺忘掉一些人，終究說來，在時間女神的面前，我們都是卑微的。

感到無話可說的這些年，我每天做最多的事就是說話。如果研究所階段是心理上的狂飆時期，那麼長大後的現實生活便是群魔亂舞，經常在道理之外還有另一番道理，解釋之外有些也不可解釋。最後我發現生活終究不該只有一種面向，在天文學與占星術之間，最好要保持某種張力。我重新想起了詩。如果人事周旋無可避免必須一說再說終至功敗垂成，那麼無話可說的狀態反而變得非常可貴，那是我們從影子回到真實的時刻。

如果要做一個選擇，老實說，我喜歡哲學更甚於詩。雖然一開始我就知道了，然而到了這幾年我才願意真正接受——哲學解決不了生命中的困境。此刻我想起了兩個人，剛好一個是詩人、另一個是哲學家。詩人楊澤說：「瑪麗安，你知道嗎？我已不想站在對的一邊／我祇想站在愛的一邊……」；哲學家維根斯坦說：「凡能夠說的，就應該說清楚；凡不能談論的，就應該保持沉默」。或許我們都太堅持了，一心一意要將是非對錯爭辯得清清楚楚；卻忘記了，我們還可以在沉默裡愛著，在沉默裡寫詩。

是這樣的轉變加上一些機緣，使我重新出版了詩集，可以的話，也許要向我的繆思認錯。這些年我把心的一半掩藏起來，靈魂淒然黯淡，假裝不以為意，其實騙不了自己。現代有那麼多人患有躁鬱症，我想如果不是在想像中寫了太多的詩，就是在現實中吵了太多的架，走的都是一條孤獨而閉鎖的路。無論是跟自己還是對他人，那句永恆的教導也來自沉默：「不是你、也不是我，上帝之國在你我之間」，也許在任何徹底相反的事物之間，我們都應該更靠近彼此一點點，也許我該重新用左手教書，繼續用右手寫詩？

如果當時《面對》的風格是「天真的」，那麼《等待沒收》則可稱之為「感傷的」。藉由這次機會，我把《面對》與《等待沒收》裡的詩全部打散了，另外又增加了約三分之一之前沒有收錄過的作品，預計也分成兩冊出版，只是這次出版順序被顛倒了過來，宛如班傑明的奇幻旅程，將從成熟走向年少。

另外考量到從收錄的作品到整體的分輯，都已是全新面貌，因此也不適合再冠以舊名。「感傷的」詩作現在被重新定名為《此刻是多麼值得放棄》，而「天真的」詩作將於明年春天與大家見面，這本更年輕的詩集將被定名為《連陽光也無法偷聽》，屬於甜美的花季。

《此刻是多麼值得放棄》來自「下一本」《連陽光也無法偷聽》詩集裡的一首作品，揀來作為這本詩集的名稱，剛好符合〈流動的祕密〉裡說的「傷害裡原來有著溫柔」，這兩本詩集有許多對照互見之處，期待細心的讀者能夠一一發現。此刻想說明的唯有，「放棄」這樣的字眼出現在這本「感傷的」詩集中當然是很恰當的；然而它真正的意涵，則要等待「天真的」詩集來做出解釋。

我認真地花了一些時間，將全部的詩重新思考了一次，有些更換了題目、有些調整了字句、有些甚至修改了整個段落，如果與之前的作品略有參差，這兩本詩集應是定稿了。從二〇〇八到二〇一九，整整十年時間過去，無論你是舊人或者新知，希望你們讀著這些詩的時候，都可以重新想起那被時間丟棄過的，某部分自己。

目次

輯二● 那可是天使

輯三● 如果沒有一顆心

輯四●沒有防範的天空

輯一

彼時我們有愛

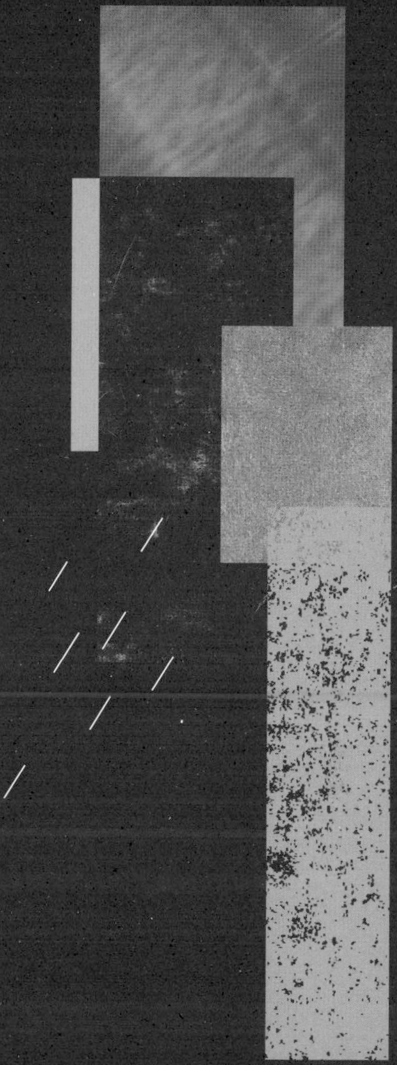

給我愛吧，在這個蒼白的冬日
讓豪雨永遠永遠
都不要停，讓那些已經逝去的
都得以改變主意

祕密

不知道從什麼時候開始
無法和你說話了
一起生活了這麼多年
我終於無法變成鳥
與你遠走高飛

我走路的時候
還是習慣低著頭
累了，也會停在電線桿上休息
你是不抽菸的，但我卻經常

在指間冉冉上昇的煙霧裡
看見你

那時我們會偶爾交談幾句
然而大部分的時間
都在望著同一片天空
你最喜歡的事情
我沒有忘記

我多麼想離開
這座擁擠的城市
在夜晚努力長出翅膀來
在每一個明天，又怕被當成妖怪
而忍痛將它折斷

今天，無意中又遇見了
多年以前的自己
但你已經飛得更高更遠了
即使此刻
心的田裡結滿了金色的稻穗
也沒有一隻麻雀前來啄取

在夜晚努力長出翅膀來
在每一個明天，又怕被當成妖怪
而忍痛將它折斷

失去

說什麼呢
夏天都已經過了
曾經下定那麼多的決心
最後比不上一場大雨

輕易地跟了別人走
然後輕易地迷路
輕易地發誓
也輕易地得到了報應

不要再提及愛情了
在文章的第三段
屬於「轉」的時刻
倍感茫然

怎樣才算是抵達
事件的內心
怎樣才能閃避
不堪的風景

不要再提及
抽象的字眼
那並無法改變
已經盲目的事實

那並無法還原
一面破碎的鏡子
無法帶我們安然通過
生命，而不被割傷

輕易地跟了別人走
然後輕易地迷路
輕易地發誓
也輕易地得到了報應

這世界其實很不公平

沒有人問過一朵雲
是不是願意永遠這麼乾淨
沒有人問過雪花
一笑就碎是怎樣的心情
沒有人問過一片霧
關於那個男子上鎖的祕密

沒有人問過煙灰
愛上口紅，卻只是靜靜陪著她哭泣

沒有人問過懸崖，懸崖後方的瀑布
有沒有見過你

沒有人問過一場雨
認不認識字？懂不懂翻譯？

沒有人問過流星
為什麼把自己放棄了，還要摘下我們的眼睛

這個世界容不下美好如你的人

——給梵谷

這個世界怎麼容得下美好
如你這樣的人，火紅的頭髮迎風翻動
那是滾動的雲
黃昏裡一輪落日緩緩下沉

習慣以繃帶托著下巴思考
口中菸斗叼著憂鬱
發動一陣煙霧
你便從自畫像裡逸失

以細短的刀痕，往同一方向
切割畸形的生活
在流動的木質地板
眺望鐵窗外的麥田
翻過一堵高牆
你離開了客居的人生
那件樸拙的外套還披在麥穗椅凳上

也許如同往常，在夜的酒店
你因長年的流浪睡著了
夢溢出了藍色的顏料，星空下
只有自己關在畫布裡
瘋狂地酗酒

你留下上百封沒人讀懂的情書
寫給瘋狂的惡魔
精神在折角處斷層
潦草的筆跡總是貧病交集

我們在一百年後醒來
才聽到你畫裡的歌聲
發現每一筆沉默都恰到好處
印象中，
還可嗅到向日葵的香氣
感覺你迎面而來
割下耳朵那一剎那
疼痛的詩意

但有誰瞭解這個世界
怎麼容得下一次美好
如你這樣的人。

夢溢出了藍色的顏料，星空下
只有自己關在畫布裡
瘋狂地酗酒

失眠

整個房間的重量
俯身向我

一次翻身就是一次骨折
而夜還那麼年輕
時間炫耀著
針的銳利
床頭的檯燈，寂寞亮著

我與靠在牆上的人影
交換
大小不一的心事

眾人皆睡了，唯我獨獨
為你懷孕
為你在額上留下了深刻的妊娠
才得以從窗外黑暗的子宮
辛苦產出今天美麗的黎明

夢境

夜裡，
我們偷偷租了一艘船
沿著巷子滑行
那是多數人都已熟睡的時刻
我們扯掉整個城市的燈火
重新掛上星星

一路上，我們發現了許多巨大的礁石
懸浮在失眠者的窗口

遇見幾個孩童
雙手支頤地坐在屋頂
聽鼾聲掀起了
瓦片一如海浪
鄰居庭前的盆栽急速竄升
蔓延成藻類般柔軟的水妖

整個晚上我們疲倦地
搖動雙槳，擊打著銀白色的床單
漂流海上感覺無比失望
傷心，為了所有旅途那些經歷
都被誤認為是
不值一提的夢境

遠方

不斷走路
以為就可以到達
遠方。整片草原同時吹向
地平線彼方
總還有些什麼不斷延伸
一公釐
之外的彼方

日子再也沒有多餘的食物

可資浪費的我們
精神開始飢餓

有個地方我們總要到達
可能下一步
可能是上一步
更有可能是每一步當我們踢出
就忽然感到寂寞的時刻
就到了最遠的地方。

你出發的時候

在夢裡走了好遠的路
直到累了
終於決定醒過來
去的時候孤獨一人
幸好回來的時候可以
自己陪著自己

也許那就是最好的
聊天對象了

與迷霧辯論什麼才是
白色的真理
與水裡閃爍的影子
來回猜拳

也許世界是一顆石頭
我們曾經靠著它，聽見過
一種巨大而空洞的
恐怖心跳
也曾經追逐它，在天空底下
嚎啕大哭

這些都無人理解。

你快樂的時候，通常只有
不快樂的自己知道
而你出發的時候
並沒有告訴別人

去的時候孤獨一人
幸好回來的時候可以
自己陪著自己

你的沉默如此燦爛

我站在這裡
已經很久了
寂寞的月光
灑在海上
然而神祕的鯨豚
卻只在我的想像中
躍起過無數次
這裡的沙灘是透明的

聽覺有著
虛線的輪廓
這裡的每一塊石頭
都以極其緩慢的速度在裂解
每一樣事物
都處於既是它自己
又不是它自己的過程中

時間裡或許才有
快樂與否的問題
孤單的存在
甚至是唯一的存在
意義也顯得
不那麼重要了

像一顆星星
與相隔億萬光年之外的
另一顆星星

寂寞的月光
灑在海上
我已將記得的事
全都告訴你了
現在我將慢慢地消失
而你的沉默如此燦爛
似乎從來就沒有
任何改變的打算

每一樣事物
都處於既是它自己
又不是它自己的過程中

掉落但是沒有重心

一日將盡
神明沒有降臨
水在杯子裡
暗暗又蒸發一些了
往事不算嚴重，尾隨著
音樂蛇行

心臟跟著電扇旋轉
天花板依然，一片空白
抽屜日久而生情

不敢打開
我沒有怪你
我也不曾愛

誰是角落
誰又是塵埃
不過就是人微言輕啊
插頭拔掉後
感到無力

長日將盡，有一條繩索
無緣無故地懸著
就這麼懸著
是為了什麼

貓

我羨慕你
可以優雅地躺著
睜大眼睛，向人們展示
暗黑的真相

有著銳利的爪，可以
實話實說
在牆壁上留下指痕
無聲無息地

使人受傷

如此柔軟
將身體折彎
成為一把弓
且具有斑爛的花色
以風聲就能
喝退敵人

我羨慕你，如此驕傲
擁有九顆孤獨的心
溫馴的外表下
藏著野性

滿足於牛奶
也能縱身一躍
便跨過我
長久以來酸疼的肩膀

我羨慕你，如此驕傲
擁有九顆孤獨的心
溫馴的外表下
藏著野性

信仰

遠處若有槍聲
淡去了
那把通往月光的梯子
已經消失。

歲月的沙瓶
被倒置了復倒置
——其中有人
在星空底下

撿拾破碎的拼圖……

不再明白

海的意義

異教徒

雲朵肚臍
漏下金光
海面上，感覺神在散步
那憂思是我懂得的
但沒有人在乎
這一場偉大的魔術
是露天的墳場啊，他們
都急著脫去
彼此的衣褲

什麼是色情的你知道嗎
什麼又是無辜
此時有人長了針眼
有人卻被指責過於單純
一輩子都看不見

再沒人願意相信

有那麼多哀怨
最後都變成了騙局
沉入水裡的愛
再沒人願意相信

夜晚的天空，嚴肅如一架
巨大而冰冷的鋼琴
灼熱的霓與虹，切割著
玻璃一般的內心

鐵塔在遠方，隱沒
日漸耗盡了氣力。
一場雨：終於粉碎了，放棄了，嚎哭著
甚至沒有編號

靈魂在身邊的座位
不斷塌陷
設下的暗鎖日復一日地
咬死命運的方向盤

一種剝離式的
憂鬱症
親近大眾
與自己保持距離

彼時我們有愛

所有人都離開了，唯我們
留了下來
為這一無所有的世界
鑿開一隻眼睛

讓頭頂上那片
灰色的天空，倒過來
重新認清自己
讓我們心中那些

已經瀕臨絕種的：有名無名的植物
重新害羞而勇敢地
生長、勃發

誰為天地搬來了座椅
那麼多沉重而美麗的磚塊
都是空心。
誰為天地撐開了傘
且又暗暗
指引那些涓涓的水流

於是閱讀的時候
得以有風，閉上
眼睛的時候

得以有魚
或是什麼都不想
便有了永恆

關於往後無數個夏季，可以想像的
將仍是蟬噪喧天
但因彼時我們有愛
那些聲音，即使跋扈
尖銳
也無法將我們傷害

● 後記：學校某老師最近在校園一角鑿了個生態池，過程多所周旋，孤獨而耗費心力。看生態池接近完工，原本單調的校園也美麗許多。我無法實際幫上什麼忙，寫了一首詩送給他。

共鳴

——電影《樂士浮生錄》

如果身體的原子
是以音階所組成
則腔腸是金色的小喇叭
藏著歌斯底里的魂靈
如果在夜裡
那雜亂無章的生命
突然找到了定音鼓
盲目的手指，找到了
浮懸空中的指揮棒

那麼就請你不要
分解這個和弦
我們本是沒有意義的單音
因為彼此：那一出現，就要瞬即消失的彼此啊
才有了在清冷音箱中
發顫的共鳴

搏杯

是那海水
湧來又湧去

是那蝴蝶
合翅又分離

是一個我
不斷地被拋擲

問題與答案
的孿生兄弟

是那木頭
兩塊木頭
竟生成了一顆心

是那顆心
一顆心
又不甘為木頭

是哭（或笑）
來自同一張臉

是盛開的掌紋，緊握成
閉鎖的念珠
是落地時啊
如此清脆，艱難的一生

是那木頭
兩塊木頭
竟生成了一顆心

冰塊

給我你的眼睛
讓我得以看見光明
給我黑夜
黑夜裡一棟小屋，燃燒著
溫暖的壁爐
讓我得以相信
這世界
不僅僅是個虛假的贗品

給我你的側臉
或者就是
一個可有可無的話題
給我愛吧，在這個蒼白的冬日
讓豪雨永遠永遠
都不要停，讓那些已經逝去的
都得以改變主意

但是沒有
沒有
此刻除了冰塊
沒有什麼可以握在手裡

編號第四・白色房子

——給雄中，即將拆除的第四棟大樓

編號第四
白色的房子
在那裡。

當青春的鷹架
被拆除之後
身體會長成什麼樣子
關於時間
誰都無法對它

提出永恆的計畫

把今天敲落
將昨日掩埋
然後在未來哭泣
消失的初戀啊
喜悅以及哀傷
皆無從知曉

確定是有過的
編號第四，白色的房子
我們看見過它
甚至穿越過它
這一次我們是永遠占有它了——

因為從來沒有人可以
搬走不存在的東西

消失的初戀啊
喜悅以及哀傷
皆無從知曉

夢境稀薄，霧霾厚重

最後這個冬季
城市懨懨的，醒時
無所事事
睡著的時候
夢境稀薄
霧霾厚重

所有事物都保持著
適當的距離

整日不停打轉的葉片
傍晚失神亮起的街燈
流浪者
在億萬光年之外
投來疲倦的眼神

最後這個冬季，有人
在沒有火的故事裡
發著抖仰望天堂
有人
蜷縮在一個沒有名字的角落
輕輕咳嗽

輯二

那可是天使

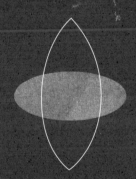

大地的座標系
荒涼而沒有方向
夜裡每一盞微弱的燈火，都像極了
你離去時的眼睛

有雨

今夜有雨
墜落枕上
使原本平靜的聽覺
開始搖晃

想像那是你
踏水而來
一次舉步，是一圈輕輕的
漣漪

薄霧撩起裙襬
月光便漏了下來

你似近而實遠，然而
那些我刻意
部署而不為人知的小徑
早已深入黑夜
你思想的禁區

想像將耳朵貼在你的胸前
疲倦地航行，今夜
有雨輕輕墜落枕上
心情的湖面難以平息

而鼓聲四起
我們睽隔一整片爆開的螢火
各自
裂成衰草

那些我刻意
部署而不為人知的小徑
早已深入黑夜
你思想的禁區

討海 1

波瀾壯闊的日子
我們都是
因暈眩而嘔吐的魚隻

望向遠方
一座插滿了燭光的島嶼
妻子塗滿奶油的身體
我想，是不適合魚腥味的

躺在碼頭，一艘船進入了
又離開港口的夜
那是結婚紀念日
我們給了彼此第一次
疼痛的感覺

日子最飢餓的時候
你的肚子卻漸漸漲大
世界積滿了水
我們是你體內分娩而出
終將失去的愛情
受著雨打風吹

一浪一浪湧動的心事

對著圓形的窗口拍擊
今晚一個全身濕透的男人
奮泳回來又被漂走

黎明之前
還有幾次夜黑？

一浪一浪湧動的心事
對著圓形的窗口拍擊

討海 2

定居海上的日子
每晚睡著了以後
便習慣在甲板上走著，走著
彷彿如此
就能一直走回到岸上

累了，便靠在海的肩膀
看巨大的船桅
領著星星的魚苗航行
整片天空宛如一顆

黑亮的魚眼

但絕大多數的時間
我們都在嘔吐
犁行在翻攪出來的穢物之上
想像這是一片漠漠的水田
站著鷺鷥，那是許多
波浪的翅膀在飛

這情景或許
也是夢裡的一部分
我們微小如卵，黏著於一艘漁船
月光從雲層撒下了一張網
將我們輕易地捕獲

前面那條海平線
便是睡眠的邊界了
所有的船都會在那裡消失
再過去一點，他們說
就會出現美麗的珊瑚

但絕大多數的時間
我們都在嘔吐
犁行在翻攪出來的穢物之上

問題

一整天
我都看顧著海
拆讀浪花寫的信
深怕錯過了某次船期
又要重新數過
你離開的日子

你離開的日子
我沉迷於一些小小的手工藝

編織著馬鞍藤
搬來許多堅固的消波塊
鎮住心裡野生的海風
在我們之間
布置了長長一片沙灘
等待你的足印
簽上我們的名字

我很想問你
在船上養了幾隻海鷗
有沒有收到
我按照季節寄給你的星星
可是海平線始終緊抿著嘴
不肯回答

無法燃燒的夏天

事到如今
已經不知道面對的是什麼了
心所思慕的人啊
是如何不知不覺
變成了一張冷淡的椅子

我們的體溫曾經是
屬於南方，特產火龍果
陽光裡瀰漫著甜味的

如今盡皆化為
無效的煙灰

水鳥是勾人的
棒針，來來回回
你留下的那件暗紅色毛衣
就這麼掛在傍晚的天邊
我會記得
也一起把它燒掉的

然而我們等待的那艘船還會來嗎
什麼時候
連大海都已經，慢慢轉變了顏色

盆地

清晨醒來
整座城市被種植在霧裡
我們被冰冷灌溉
在漫長的昨夜
努力進行呼吸作用
必須緊緊抱住自己
才不致使世界驟然失溫

痛在枕上抽芽

那是心跳嗎？
我們忍耐著
讓全身都長滿了刺

關於長久以來的爭執
都石化成珊瑚般美麗了
我們本是無比柔軟，而今
卻變得比時間還要堅固

霧慢慢散開後
夢陷落成盆地
我仍會常常聽到
你輕輕喊著我的名字
偶爾星星墜落的聲音

埋葬

不在空白的心上
填補溫暖的字
我們呼吸著，斷裂的指甲
顯得冰涼

像一架精密的儀器
不允許誰停下來
世界始終完美地運轉
間隔著恰當的距離

我們曾經活過
一起摺紙，完成過一間小小的房子
終於在那最遠的地方
親手將彼此埋葬

樹葉用它神祕的眼睛
試探夜裡的真相
那兒有微塵輕輕揚起了
最後取代夢境

從句子裡抽掉文法
再沒有人得知完整的故事
時間滴落，顏彩凝結，所有
懸掛著的畫：都是那麼沉默且複雜

一起盪鞦韆

晚餐時
我們坐在城市上空
盪著用雨作成的鞦韆

服務生在我們隔壁
輕輕說出了
幾句親切又顯得特別
生疏的問候

你的呼吸，宛若玻璃
冬天把臉轉過來
某個部位
有一些小小的凍傷

整個晚上，我們拿刀子相向
在城市上空
盪著
一架巨大的鞦韆
而輕輕來回
削薄夜色

你已經消失

在清晨的光裡
你歪著頭思考，美好
如一隻白鴿
這圖畫般的永恆啊
當你撲翅
便都要成為羽毛
像空盪的廣場
留下的一聲輕嘆……
那是人們仍然在讚美著

噴泉與天使
但只有我相信
你已經消失

我聽見雨水滴落的聲音

我聽見雨水滴落的聲音
輕輕將世界擊碎
夢中的婚禮進行到了最後
就只剩下等待

我聽見雨水滴落的聲音
像手指滑過身體
玻璃出現裂痕
構成美麗的花紋

我聽見雨水滴落的聲音
曾經那麼用力
許下的諾言
在路的盡頭，隨腳印一一消失

我聽見雨水滴落的聲音
有一種熱度
安靜是白色的
煙在焚燒

我聽見雨水滴落的聲音
那像是有人在窗外大喊
但意義無從辨明

你曾經說了一個祕密

你曾經在我耳邊
說了一個祕密
我想像它是
一張透光的葉脈
近看布滿雜亂的紋路
遠看出現美麗的構圖

你曾經在我耳邊
說了一個祕密

我不確定它是
令人生厭的醜陋毛蟲
還是栩栩如生的
蝴蝶標本

你曾經在我耳邊
說了一個祕密，我相信它
卻因此失去了你
我拒絕它
卻從此失去自己……

你曾經在我耳邊
說了一個祕密
清晨的飛鳥

它帶走了神祕的訊息
留給這個世界
一顆擦也擦不乾淨的
水晶球

你曾經在我耳邊
說了一個祕密
我開始徬徨、無助、不知所措
像一個失語症的患者
急切地想要表達
卻沒人懂得他的文法

你曾經在我耳邊
說了一個祕密，我相信它
卻因此失去了你

海螺

漫步記憶海濱
遍地都是時間的垃圾
沙灘已經不再沸騰
海水也正在
慢慢地蒸發

拾起那顆
我們曾經珍藏過的鏡頭
從狹窄的窗口望出去

天空微露刮痕
整個世界沾滿黃斑

似有一張
無限遙遠的長桌
兩端各自靜置著
搖曳的燭火
風卻不斷將你投送過來的
眼神吹散

我們都在懷裡
藏著一只巨大的海螺
聽每一次的輕微哭泣
都宛如星辰爆發

卻又像極了黑夜
那般空洞

聽每一次的輕微哭泣
都宛如星辰爆發
卻又像極了黑夜
那般空洞

餘燼

咬下一片指甲
丟進火裡
愛過的那人不再回來了
只剩下
一只爐子
放在胸口
等自傷變涼
等自愛成灰

等自傷變涼
等自愛成灰

濕地

你問我的去處
那時天氣
剛好涼了
金色的天空
在我們前方
覆滿黃昏的玫瑰

遠方的
夕陽是個暗示

在一望無際的
時間水面
看不清楚是什麼
被剪出了
黑色的影子

愛是我們
共同的濕地
我們曾經在此
交頸安睡
以為這一輩子
都可以予取予求

愛是日漸
偏移的星星
有一天
不得不
離開的家園

我們曾經在此
交頸安睡
以為這一輩子
都可以予取予求

聲色場所

整個晚上我都吻著
一只酒瓶
宛如吻著你的身體

輕易的話語如水
流過，音樂與霓虹
心裡是個
聲色場所

窗外下著雨，如你的指尖
那樣美麗
觸過的
都變成破碎的玻璃

陸續有人穿過
熄了燈的房間
留下了
不成雙的高跟鞋

胸前殘留一些髮絲
淡淡的氣味
你可能剛走
也可能始終沒有來過

流動的祕密

也許是因為風的緣故
將你長久以來被拘提的靈魂
又重新還給了你，如此
而重新有了時間
有了時間中流動的祕密

也許是因為風的緣故
你感覺自己被穿透，不覺疼痛
（傷害裡原來有著溫柔）

你感覺自己被抹黑
化為夜晚的一部分

也許是因為
風的緣故，忽然之間你丟掉了
一塊重要的拼圖
有個聲音不斷，刮著那個缺口
重複的夢境最難解讀

也許是因為：風的緣故
讓我們一眼就認出了彼此
孿生的孤獨
曾經世界有愛，我對你有愛
曾經一切都在沉淪

也許是因為風的緣故
讓我們意識到自己尚且活著
多麼幸福，多麼殘忍
於是一次又一次地努力呼吸
如蛇蛻皮，直到把舊日的自己靜靜丟棄。

曾經世界有愛，我對你有愛
曾經一切都在沉淪

你離去時的眼睛

夢所排列的
孤單枕木上
夜火車經過了，世界
沿路鋪滿碎裂的石子

一閃而逝的窗口
無法給我們以任何答案
巨大悶沉的聲響
始終在黑暗邊緣

大地的座標系
荒涼而沒有方向
夜裡每一盞微弱的燈火，都像極了
你離去時的眼睛

與妳說物理

物理有什麼意義
關於：我們熟悉的這個世界
傾斜了二十三點五度
而只要是人
都會作夢，關於這一切
一切有什麼意義

是北極
就讓它戴一頂冰帽，是森林

就讓它燒掉。
凡鳥都要消失
大海就得蒸發，但幸好
總有些測不準的事物
比如奇蹟

時間的箭
要射往哪裡
當我們發現恆星
其實並不永恆
所有的太陽都在塌陷
黑洞
往往在我們發現以前
已暗自成形

那時我曾認真思考過的
種種符號（包括妳的呼吸）
將有什麼意義
愛如果是一種碰撞，上帝的手指一推
也只能無止盡地向前

我們要如何
計算出能量的消耗，今明兩天
宇宙的寂寞
是不是又更大了一點
但至少
此刻妳還願意微笑
我也便願意
繼續旋轉

唉，如一顆笨重的土星

愛如果是一種碰撞，上帝的手指一推
也只能無止盡地向前

那可是天使

是什麼讓堅強的世界
瞬間變得軟弱
雨落時候，從來都是無聲的

單坐玻璃窗前，那些無聊的劃記
還盼望當初的手指
回來指認

許多人驚慌地邁開步伐，濺起了水花

光影中有混亂的夢
供我們猜測

灰雲漸漸聚攏了過來，那可是天使？
又舉翼來到
我們久已無人探訪的病房。

輯三

如果沒有一顆心

沒有誰必須為誰道歉

「活著」這件事情

本身就是一句髒話

節節敗退

依舊是風聲強灌進耳朵的午後
登上陽台不見陽光
再也不是可以站在樓頂
往下跳的年紀

到了這個地步
魅力怎麼也攻不上
更高一層的峰頂
走到街口時，

突然忘記要去哪裡
就是這樣一種無法抵擋的受傷
陰天裡雷聲轟轟

沒有人流血，沒有仇
也不會有人跟在身後
努力拍照的日子
圍觀的人群都散了
自己又默默走回
吞下安眠藥
發誓的地方

請求安靜

以為離開了
昨日的風雪又再度降下
這個突然感到寂寞的城市
有人正打算悄悄離家
有人坐在被挖空的公園
有人就只是這樣
什麼都不想

月亮消失許久

也沒人發現
頭頂少了一些光
午夜時刻，把頭深深埋進
夢的腐土裡
不感到必須急著醒來
再急著感到害怕

彷彿一棵樹
不斷忍痛
讓葉子掉落
努力把枯朽的指節
伸向天空
索求微弱的星芒

我們明明是不喝酒的
卻讓逼人的熱
焚燒了整夜

彷彿一棵樹
不斷忍痛
讓葉子掉落

日常 1

白色的天空
沒有人來留言
卻有飛鳥
帶來黑色的消息

有灰塵
輕輕掩蓋夢中的肺葉
至今無法剷平
陳年心裡的違建

攤開報紙
心情沾染了墨汁
沿著指腹的低壓線
內向旋轉，又向外擴散

夜裡獨自逃亡
一步就跨進今天
預備好的陷阱
四周都是微笑的歹徒

我們有罪，偶爾
神會震動幾秒
從遠方發出一封
詐騙的簡訊

日常 2

存在或許是像
一杯水：無色、純潔
那麼接近虛無
且不讓人拒絕

打開電視，一個又一個
生生滅滅的世界
世界另一頭
發生了什麼

這裡又發生了什麼

恐怖是無所不在的
人質與餓
無所不在
微笑與槍聲等重
那用來使人快樂的
同樣也讓人害怕

把事物分類，為資料夾貼上標籤
沒有理由的哭
無所為而為的
生活

為了什麼
一些人聽我說話
另一些人睡著
然後是明天，他們都準時
來到同一個位置

意義，呼吸
關於
也許
其實都不曾有過。

微笑與槍聲等重
那用來使人快樂的
同樣也讓人害怕

不再是一切

天上的雲要趕赴哪裡呢
即使此刻是愛著的
下一秒鐘，不由自主地
我們也會成為連自己都不認識的樣子啊

在這片廣大的天空中
說是自由，為什麼又折射出淡淡的藍色
潔淨而透明的
風雨來臨時候也是要變髒

多麼希望徹底消失啊
念念之間
得以不再有輪迴
得以不再是一切，構成這個世界。

不愛了

請別擔心我
這麼多年的病痛
任愛在體內感染
傷口餵養著
多情的細菌

難過有時
就幻想些快樂的事
頭髮掉了

力量消失
藥是輕微的，分裂有著
美麗的顏色

每次作夢都好不容易
又被搖醒
房間消毒過了
整個春天
塑膠花盛開著
誰在耳邊輕聲安慰呢
不記得了

這麼多年來
謝謝你們關心了

胸口不再打開，亦不再隱隱發疼
什麼都別想
努力加餐飯
愛不見了
我們微笑著
成為彼此的抗體

整個春天
塑膠花盛開著
誰在耳邊輕聲安慰呢
不記得了

如果沒有一顆心

習慣了沉默
像影子習慣於跟隨
想化為一陣流水
即使沒有一片花瓣願意為我
奮勇墜落

總有人必須
到遠方去，像季節交替
然而這已是不一樣的春天

沒有誰記得曾經
作過的夢
他們在自己欺騙自己

唱歌吧，跳舞啊
把酒一傾而盡
把空掉的瓶子高舉
如果沒有一顆心，此刻
我是快樂

沒有誰必須為誰道歉
「活著」這件事情
本身就是一句髒話

是誰坐在雲端
又露出閃電的牙齒
給了我們雨水
其實是要徵討我們的眼淚

習慣了黑夜
像嘴唇習慣了流血
想化為一陣輕煙
但你必需先將自己點燃
讓自己接近
某種臨界點

把酒一傾而盡
把空掉的瓶子高舉
如果沒有一顆心，此刻
我是快樂

今晚的天空多麼純情

今晚的天空多麼純情
風吹得身體踉踉蹌蹌
路燈低頭
對你我噓寒問暖
幾乎就要相信了
虛懸的月色
騙人的眼睛

今晚的天空多麼純情
有人持槍

在街上漫無目的地掃射
青春紛紛
倒下了
倒在人們背後
影子般的血泊裡

今晚的天空多麼純情
趴在牆角默數：
一、二、三、四……
你們當然只是
躲了起來
嘿，我就要去抓你了
讓我們一玩再玩
矇眼的遊戲

今晚的天空多麼純情
忽然想起
所有
那些曾經離家出走的自己
是否已功成名就，是否竟一敗塗地
是否仍逢人便兜售一份骯髒的愛
終爛醉在此傷城
某不知名的暗巷裡

青春紛紛
倒下了
倒在人們背後
影子般的血泊裡

我們

我們曾經
浪費了一整個夏天
爭執雲的去向
在地窖裡
存滿不見經傳的酒

我們
曾經那麼賭爛地
坐在彼此隔壁，在大而荒涼的內心

升起一盆火
相信此世真的有鬼
外星人就是碟仙

創造了許多神話與髒話，我們
曾經打造過一把劍
把自己許諾給對方
從來不畏懼死，不知羞慚；也
苟活到了如今

某人

作為一個人，你
並不曾醒來
作為一場夢
你沒有內容
你只是某一天的早晨
無端而起，唉
那樣莫名的情緒

你擁有鐵軌

永不交會的愛
你擁有二氧化碳，口罩
以及後視鏡
——但沒有逃生門

也曾經接過恐嚇電話
在一個未知的港口看見自己，被公告
與放大的局部
你躺下的時候會有
許多窗子開開闔闔

你擁有帽子、浴室裡豐沛的水蒸氣
長寬合乎標準
的高級跑道；但是沒有風景

你甚至擁有一顆心
加上許多可以隨處轉印的貼紙

你會魔術
撲克、輪盤、飛鏢
你會消失，卻總只是躲身於
另一個更為險惡的地方

你甚至擁有一顆心
加上許多可以隨處轉印的貼紙

美德

無人應答。

黃昏在焚燒著紙錢
那些誓言皆太過燦爛

呵口霧氣
為你招來了
軟身屈膝的彩虹
但沒人有膽
為你而誠實

點破：一架塑膠的飛碟

與鏡子賭爛
也不能反悔
人生誤抽的那些鬼牌
因錯誤的射擊姿勢
併發了
惱人舞蹈症

無法消化的
那些恨意
不斷囤積
轉而成為讓人肥胖的
營養成分

對灰塵感到不滿
是我不好
一雙憐香惜玉的富貴手
這麼愛乾淨
只好不斷脫皮

黃昏在焚燒著紙錢
那些誓言皆太過燦爛

風的墓誌

聽說：

他的一生無可憑依
沒有記憶
人們總是對其虔誠地祈禱，背後
卻又是最惡意的攻擊

他來，便帶走世人的希望
徒留給黃昏一盆灰燼

綁架過孩童
驅趕著一輛季節的馬車

在大地這張面具上
他踽踽獨行
在小徑與針葉林之間
有過某段難以釐清的感情

唉，也曾落得雲霧一般多疑……

偷聽過花的心事
不小心成為了第三者
也曾偶爾闖進
你空曠的夢裡

此刻，你讀著這些為你寫下的文字
但這個「你」究竟是誰
突然變得難以分別

唉，難以分別
那是誰的手
一次又一次，穿過野草的哭聲

說著這裡頭沒有
我們愛過的一切

他來，便帶走世人的希望
徒留給黃昏一盆灰燼
綁架過孩童
驅趕著一輛季節的馬車

提醒我

那時不覺辛苦的事
現在證明都失敗了

多年以後，當你我想起那些
所有輕忽的承諾
真的變成了腫瘤
想起一生志願不斷改變
最後成了個沒出息的人

這一次
你連把嘴角輕輕揚起
都失去了興趣
當掉所有發黑的物品
最後則是硬掉的心肝

想想這一路走來
你為我變賣許多憂愁
但殘廢了就是殘廢了，如今
它仍在那裡隱隱發疼
提醒我

——你這個好心的騙子。

多年以後你快樂許多，至少
表面看起來如此
我們已經一無所有了
表面看來如此
就要好好珍惜

想起一生志願不斷改變
最後成了個沒出息的人

這一天

這一天陽光熾烈
你選擇了出發
到一個很遠的地方
沿著帽緣，我把世界
壓得很低

許多人都野餐去了
那樣美好的
這一天，打開來

有豐盛的點心
精緻的飲料
我找不到
一塊可以坐下來的空地

我的心情懸得很高
在空中
沒有一朵雲願意停留
很久以後
我被曬黑

彷彿小說
的最後一頁
突然被打濕

我很想哭泣
將自己打濕

這一天陽光熾烈
風景清楚乾脆
失去了所有曖昧的情節

這一天陽光熾烈
風景清楚乾脆
失去了所有曖昧的情節

那麼愛他

誰人帶我
去一個遙遠的地方
我便感謝他
並且把他殺掉

為了健康長大
不免學會說謊
請不要再歌頌自然的美麗
眼睛是最骯髒的東西

宛如一切盡失
靈魂哭泣在灰色的天空
候鳥已經疲倦於飛翔
明天也失去了迷人的形狀

誰人帶我
去一個遙遠的地方
我便不說話，不寫字
忘記所有存在或不存在的事

那時，被我殺掉的人
也將感謝我（而我將報之以了然的笑容）
感謝我，不是恨
是那麼愛他

寂滅的火焰

——給尼采

讓我們傾斜
向那個布滿星雲的坑谷
作為一名採礦者，只能一再遁入
自己的深處

有些光亮稍縱即逝
卻足以讓我們割破
彼此的面具
大地在閃電的鞭抽之下

顯得顫慄不安

沉重的雨點
掉落在心之荒原
鐵被不斷敲打
直到聲音刺穿了耳膜
意義流出鮮血
我們才擁有一座花園

思想寂滅
火焰在振筆疾書
夜晚張大了瞳孔
從不曾移開
對我們的監視

蝙蝠

夜色已經降臨
掏空了所有東西
身處在一個
完全密封的洞穴裡
方向感並不是必要的
他們倒吊的樣子
反而顯出世界的可疑

一種透明而薄的

談論。斂翅時如此猥瑣
宛如老鼠
展翅則成為鐮刀
那血液像是一種永恆
卻悄悄改變著溫度

誰失去了眼睛
誰就要加入
這種天性合群的動物
他們豎起耳朵
製造無邊無際的波動
依賴自己的回聲
為所有事物定位

從前的人

從前的人已經死了嗎
在滿懷心事的七月，從前的人
來到我的對面（有些混濁）
黑暗裡，他不發一語
我也感覺到自己
正在慢慢地消失

也許從來就不曾消失
從前的人

一直跟在我的背後，默默
給我祝福給我以
一束乾燥花的恐嚇。
他不累嗎，他的一雙腿
就這麼跨在我的肩上
懸在半空中

也許，從前的人
仍關心著我
每晚他都會來敲門
陪我一起躺下
一起睡
他變得更為包容了，似乎
也懂得了原諒

不再占有任何體積
不會發脾氣

偶爾我與朋友聊天
從前的人站在角落，微笑並不打擾
偶爾我與其他女人
耳鬢廝磨，翻身也會看見
從前的人
那巨大而黑的眼睛

從前的人已經
失去了溫度（他會冷嗎）
他問我：是不是感到害怕
我不知道。

我們對坐良久
他還沒打算離去
於是我關上了燈，讓從前的人繼續
安靜地
待在我們房間裡的某個
絕深之處

他不累嗎，他的一雙腿
就這麼跨在我的肩上
懸在半空中

謀殺 1

——可憐無定河邊骨，猶是春閨夢裡人

抱著一具骷髏睡覺
我的愛人從不發誓
他根本拒絕肉體的虛胖

他說要去一個很遠的地方
我也不是那麼喜歡胡思亂想的人
夜晚躺下之後再也坐不起來
明天折成紙鶴懸掛著
想念成一只修長的玻璃瓶子

決定謀殺你這件事
始終沒讓你知道
還有，

很抱歉
我如此愛你。

謀殺 2

一個人躲在房間
整理衣服
把胸口打開，取出肋骨
發現你消失了
只剩下肩膀
陪著我跳舞

美麗的黑夜
已經從頭頂蓋了下來

我們的腳步一明一滅
彷彿星星
愈來愈遠
直到跟不上節奏了
只好讓樂隊將彼此帶走

這些年來
你變得骨瘦如柴
終於不必再擔心
那些過分臃腫的問題

而我，
還是這樣一個人
走路時不知覺

明天遠遠地落在後頭
昨天也未曾抵達過

今晚我抱著一具
空了的身體，感覺你
的指甲和頭髮仍慢慢生長
青春不就是這樣嗎？

讓我們不要談起
關於死這件事情

把胸口打開，取出肋骨
發現你消失了
只剩下肩膀
陪著我跳舞

輯四

沒有防範的天空

愛過你之後
仍然不能瞭解物理學
仍好奇於燃燒
如何由一種狀態，轉瞬之間
就化為了另一種狀態

巫婆

你精心熬煮的那碗湯
已經完成了嗎
等待了許久許久（重複
一樣的動作）
讓整個夜晚充滿苦味
一顆心的色澤，愈變愈深

總是寂寞一人
與月光比賽

變瘦的速度。
最愛的那隻貓終於有一天
再也找不回來了
總是寂寞的星球，自轉出
各種形狀的坑洞

在那片陰暗的森林裡
有你愛的獅子與老鷹，顏色凶猛
打著呵欠的花草
對於世界，你自有一套神祕的解釋
足以辨別那些岔路
且安心於這些岔路

用多少青春熬煮的
那碗湯（也許再加上粉末般的美麗）
已經完成了嗎？ 當咒語
糾纏著藤蔓日趨成熟
而星空如缸
你在其中，感覺
這一切都不停地冒著泡泡……
而每個泡泡的表面都有著一個顛倒的自己

最愛的那隻貓終於有一天
再也找不回來了
總是寂寞的星球，自轉出
各種形狀的坑洞

隱藏在夜晚的深處

愛一個人
幾乎走到了
一處陌生的所在
那熟悉又陌生的所在。

你的聲音變了
我仍然認出了你來
你的臉呢
隱藏在夜晚的深處

那個寶盒一直被保存於
日常的某個地方
我確知它在，但不確定它
什麼時候會被打開

記憶一如當年
那張美麗的桌布，桌布上的織花
今天走進來了其他的客人
坐在那個靠窗的位置

時間啊這難道就是
有些改變有些也無法發現
你還是那麼愛照鏡子嗎
當一切都像手中的菸，不知不覺消失

我想送你一束玫瑰，也或許是其他
更珍貴的事物
但我深深警惕
深深責怪著自己

我相信有神
祂可以保佑
明天的風雨
不會降臨你的身上？

那麼我便願意
相信有神
祂可以保佑
你的睡眠，還有

這個早已不再作夢的世界……

我想送你一束玫瑰，也或許是其他
更珍貴的事物
但我深深警惕
深深責怪著自己

也許我便要消失

下一秒，也許
我便會成為無主的微塵
你會看見我
在那束光裡
擁有過短暫的一生

我曾經是時間
走了很遠
我曾經是樹，曾經是雨

也曾經是個沉默的盒子
愛過你之後
仍然不能瞭解物理學
仍好奇於燃燒
如何由一種狀態，轉瞬之間
就化為了另一種狀態

整齊、細碎，一如縫線

天空漸漸關上了
厚重的盒蓋
月亮升起有如鎖孔
我便從那裡
窺探你的內心

當然是不完整的
我懷疑的是
那無止盡的黑髮，仍在生長

易裂的指甲
又如此容易刮出聲音

愛被折成了
合適的大小
每次
你想抽菸的時候，我便沉默
成為口袋
啊，在胸前藏著一只
藍色的打火機

機場

整個下午
看飛機起降
被點燃的菸頭，因為一再打盹
而斷落

你預測了每一次
現身的機種；但其最終去向
以及那些雲層之外的
的確也讓我們倍感艱難

遼闊的天空，不著邊際的
話題起降
持續後退的跑道上，卻始終沒有一架班次
真正屬於我們。

沒有防範的天空

夜空朗朗，無有雷聲卻
閃著靜電。
我們走到了城市之頂
愛情的天台啊
其上有著微刺的星芒

你說
那無所歸依的雲

像極了我們
同樣無所歸依的愛

疑懼或許
是美麗的，一如煙火
在不遠處燦燦地爆開
靜靜地死亡

意志如菸薄弱，寸寸
沿著指尖斷落
誰又被誰丟棄了
唯曖昧與灰燼，在我們心臟兩邊
埋下暗黑的癌

你的唇如此蒼白，從蒼白裡
滲出血來
忍不住想吻你的那個念頭
是停在鼻翼上
微微沁出的汗
——罪惡那麼地細小。

凌亂的天際線，醜陋
架滿了這個世界——我們的世界
曾經發出過冷光
但那又是什麼
短暫照亮過
我們自始至終都無法顯影的
心的暗房

○

我們走到了城市之頂
愛情的天台啊
其上有著微刺的星芒

給你的，最後一首情詩

你冰涼的呼吸
從夜的破洞裡
吹過來了。
路燈的噴泉啊
自水泥的心中湧出

凌亂的高架橋，轉彎時
傾斜的愛
從霧中抽出一張塔羅牌
那些鮮豔的預言

都被顛倒著看

把你的靈魂
重新混音
整個世界都滯銷了
灰雲自四面八方聚集
於額前的天空
上帝為什麼也陷入了苦思

如果，此刻有流火
一閃而逝
那必定又是你隨手丟棄的菸頭了
如果此刻，無話可說
就讓整顆地球陪我們頭痛

孤單行駛夢中
發光的公路
前方有測速照相，某雙眼睛
在暗處靜靜審視這些
而我們忙碌來去
猶找不到自己的五官

如果此刻，無話可說
就讓整顆地球陪我們頭痛

國家圖書館出版品預行編目資料

此刻是多麼值得放棄 / 陳雋弘作 . -- 臺北市 : 三采文化, 2019.10
面； 公分 . -- (Write on ; 3)

ISBN 978-957-658-240-0（平裝）

863.51 108014813

suncolor 三采文化集團

Write On 03

此刻是多麼值得放棄

作者｜陳雋弘
副總編輯｜鄭微宣　特約主編｜林達陽　責任編輯｜鄭微宣
美術主編｜藍秀婷　封面設計｜高郁雯　內頁版型｜高郁雯　美術編輯｜ Claire Wei

發行人｜ 張輝明　總編輯｜ 曾雅青　發行所｜ 三采文化股份有限公司
地址｜ 台北市內湖區瑞光路 513 巷 33 號 8 樓
傳訊｜ TEL:8797-1234　FAX:8797-1688　網址｜ www.suncolor.com.tw
郵政劃撥｜ 帳號：14319060　戶名：三采文化股份有限公司
初版發行｜ 2019 年 10 月 4 日　定價｜ NT$360
2 刷｜ 2019 年 10 月 5 日